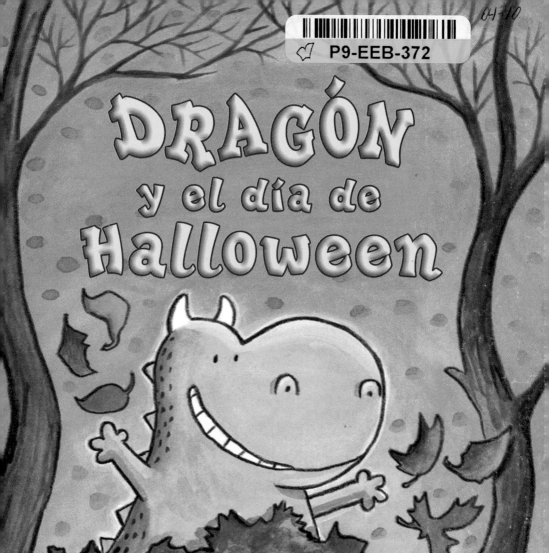

DRAGÓN
y el día de Halloween

DAV PILKEY

SCHOLASTIC INC.

New York   Toronto   London   Auckland   Sydney
Mexico City   New Delhi   Hong Kong   Buenos Aires

Originally published in English as *Dragon's Halloween*

ISBN 13: 978-0-545-01446-5
ISBN 10: 0-545-01446-8

12 11 10 9 8 7 6 5 4 3 2 1   7 8 9 10 11/0

Printed in the U.S.A.
First Spanish printing, October 2007

Contenido

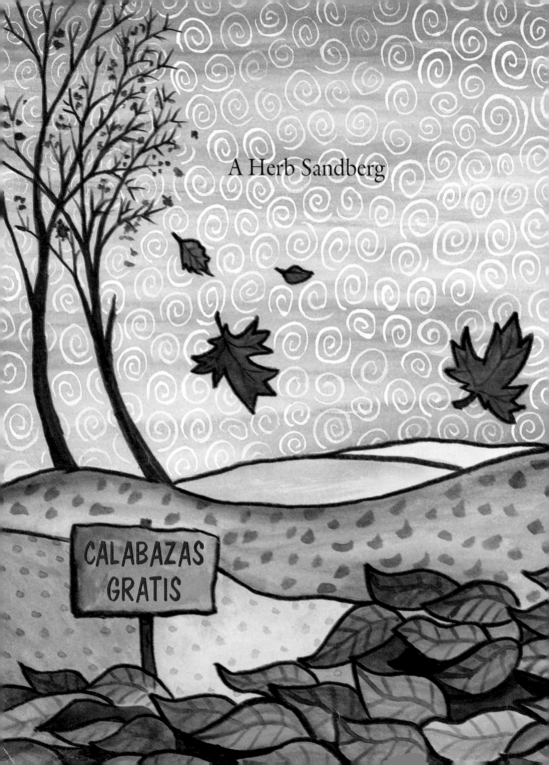

A Herb Sandberg

CALABAZAS GRATIS

1
Seis calabazas pequeñas

Era octubre
y todo estaba de color naranja y marrón.
Dragón caminaba sobre las hojas
de otoño en busca
de una calabaza gigante.

—Voy a encontrar una calabaza
tan grande como una casa —dijo Dragón—.
Y voy a hacer una cara que dé
mucho miedo.

Pero cuando Dragón llegó al campo
de calabazas, ya no quedaba
ninguna calabaza grande.
Solo quedaban seis calabazas pequeñas
y eran demasiado pequeñas para dar miedo.

Dragón metió las seis calabazas pequeñas
en la carretilla y se las llevó a su casa
de todas formas.

Cuando empezó a tallar las caras
en las calabazas pequeñas,
llegaron un zorro y un cocodrilo.

—¿Qué haces? —preguntó el zorro.

—Estoy tallando caras para dar miedo
—dijo Dragón.

—Esas calabazas son demasiado pequeñas
para dar miedo —dijo el zorro.

—Espera y verás
—dijo Dragón.

Dragón agarró una de las calabazas
y le puso unas ramas a los lados.

—Esa calabaza tiene un aspecto muy tonto
—dijo el cocodrilo—. ¡Nadie se va a asustar
con tus calabazas!

—Espera y verás —dijo Dragón.

Dragón puso velas en las calabazas
y se iluminaron de color naranja.

—¡Ja, ja, ja, ja, ja! —se rieron el zorro
y el cocodrilo.

—¡Nunca habíamos visto unas calabazas
más chistosas en nuestras vidas!

—Esperen y verán —dijo Dragón.

Por fin, Dragón puso las calabazas
unas encima de las otras e hizo
una torre muy alta.
El zorro y el cocodrilo
dejaron de reír.
Abrieron los ojos muchísimo.
Y empezaron a temblar.

—¡Ahh! ¡Aaaaaaahh!
—gritó el cocodrilo.

—¡Ahh! ¡Aaaaaaaahh!
—aulló el zorro.

El zorro y el cocodrilo salieron
corriendo hacia el bosque,
muertos de miedo.

—¿Qué les pasa? —dijo Dragón.

Dragón se rascó la cabeza
y miró las calabazas.

—¡Aaaaaaaaah! —gritó Dragón.

Dragón se fue corriendo
a su casa y se escondió
debajo de la cama.

—¡No sabía que seis
calabazas pequeñas podían
dar tanto miedo! —dijo.

2
La fiesta de disfraces

Era la noche de Halloween
y Dragón estaba muy contento.
Lo habían invitado a una fiesta
de disfraces de Halloween.

Dragón intentó pensar
qué disfraz se pondría.

Dragón no sabía si ser una bruja,
un vampiro o una momia.
Pensó y pensó y se rascó
su enorme cabeza.

—Un disfraz puede dar mucho miedo —dijo Dragón—, ¡pero tres disfraces dan muchísimo, muchísimo miedo!

Así que Dragón decidió ponerse tres disfraces a la vez.

Primero, Dragón se puso
una nariz y un sombrero de bruja.
—Ya doy mucho miedo —dijo Dragón.

Después, Dragón se puso una capa
y dientes de vampiro.
Dragón apenas podía hablar
con los dientes de vampiro en la boca.
—Flmmm flmmm flmm mmm fmm
—dijo Dragón.

Por último, Dragón se envolvió
como una momia.
Dragón no quería que su disfraz asustara
mucho a sus amigos.

Dragón atravesó el bosque
para ir a la fiesta de disfraces.
De repente, comenzó a soplar el viento.

—¡FLASH! —hizo un rayo.
—¡BUM! —hizo un relámpago.
Y empezó a llover.

Cuando Dragón por fin llegó a la fiesta,
estaba empapado
y su disfraz destrozado.
Todos los animales empezaron
a reírse.

—Mira a Dragón —dijeron.
—¡Qué disfraz más tonto!

Los animales rieron y rieron
y Dragón se sintió fatal.
Se fue a un banco que había
en una esquina y se sentó al lado
de una cabalaza muy grande.

De pronto, el banco se rompió
y la calabaza salió volando
por los aires.

¡PLAF!

Dragón estaba mareado.
Fue por toda la habitación dando tumbos,
con la calabaza chorreando
un líquido naranja y pringoso.
Cuando los animales vieron a Dragón,
gritaron muertos de miedo.

—¡Eeeh! ¡Es un monstruo!
—gritó el pato, y se subió
de un salto en los brazos
del cerdo.

—¡Ay, no! ¡Ay, no! —gritó el cerdo,
y se subió de un salto en los brazos
del hipopótamo.

—¡Socorro! ¡Socorro!
—gritó el hipopótamo,
y se subió de un salto en los brazos
del hámster.

Por fin, Dragón se quitó la calabaza
de la cabeza.

—No soy un monstruo —dijo—.
Soy yo, Dragón.

Los animales se sintieron aliviados
y muy pronto todos estaban mucho mejor.

Bueno… casi todos.

3

El bosque oscuro
y tenebroso

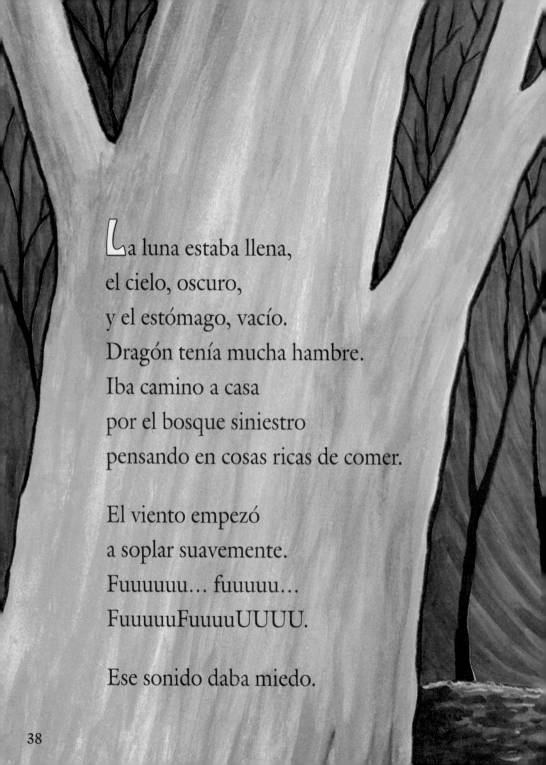

La luna estaba llena,
el cielo, oscuro,
y el estómago, vacío.
Dragón tenía mucha hambre.
Iba camino a casa
por el bosque siniestro
pensando en cosas ricas de comer.

El viento empezó
a soplar suavemente.
Fuuuuuu... fuuuuu...
FuuuuuFuuuuUUUU.

Ese sonido daba miedo.

Las hojas mojadas
que pisaba Dragón sonaban
¡escuis, escuis, escuis!

Ese sonido daba miedo.

Cuando Dragón se adentró más
en el bosque, oyó el sonido
más tenebroso de todos.

—¡Grrr..... grrrr....... GRAUUU!

Por un momento, todo quedó en silencio.
Entonces, de repente,

—¡Grrr..... grrrr....... GRAUUU!

—¿Qué será ese sonido tan horrible?
—se preguntó Dragón.

—¡Grrr….. grrrr……. GRAUUU!
El gruñido se hizo cada vez más alto.

—¡GRRRRRRR…. GRRRRR…….
GRAUUUUUUUUUUU!

Por fin, Dragón pegó un salto.
—¡Socorro! —gritó—.
¡Un monstruo!

En la copa de un árbol
se encendió una luz.

—¿Qué ocurre ahí abajo?
—preguntó una ardilla soñolienta.

—He oído un monstruo gruñir
—dijo Dragón.

—No fue un monstruo
—gritó la ardilla—. ¡Es tu estómago!

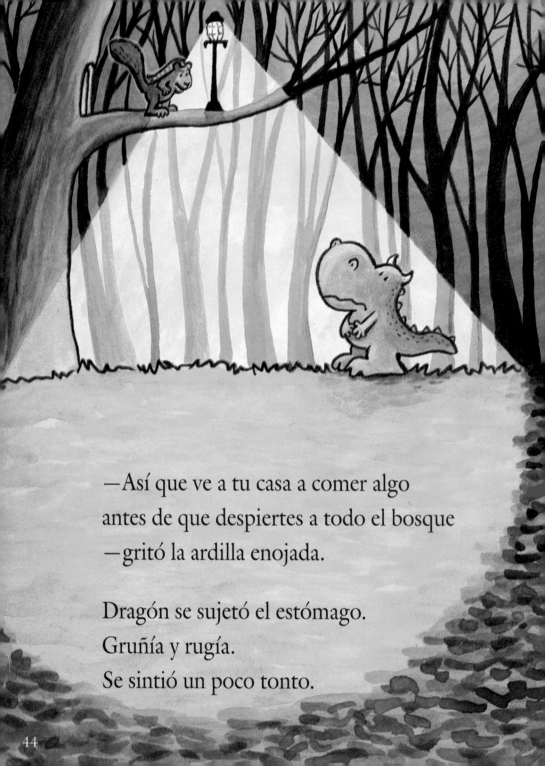

—Así que ve a tu casa a comer algo
antes de que despiertes a todo el bosque
—gritó la ardilla enojada.

Dragón se sujetó el estómago.
Gruñía y rugía.
Se sintió un poco tonto.

De pronto, el bosque volvió
a estar oscuro.
Pero ahora Dragón estaba
tan hambriento que no tenía miedo.
Corrió y corrió hasta llegar a su casa.

Cuando llegó a su casa,

cocinó un festín gigante de Halloween.

Hizo pasteles de calabaza,

sopa de calabaza,

pan de calabaza,

pizzas de calabaza

y helados de calabaza.

Entonces, Dragón comió y comió
y comió…

hasta ponerse tan redondo
como una calabaza.